マヤコフスキー

一五〇〇〇〇〇〇〇

小笠原豊樹　訳

土 曜 社

Российская Социалистическая Федеративная Советская Республика.

Пролетарии всех стран, соединяйтесь!

150.000.000

ГОСУДАРСТВЕННОЕ ИЗДАТЕЛЬСТВО
1921

マヤコフスキー

小笠原豊樹　訳

一五〇〇〇〇〇〇〇

土曜社刊

Владимир Маяковский

150,000,000

Published with the support of
the Institute for Literary Translation, Russia

ИНСТИТУТ ПЕРЕВОДА

AD VERBUM

一五〇〇〇〇〇〇〇

一五〇〇〇〇〇〇〇人の長《おさ》がこの詩の題だ。
弾丸はリズムだ。
　　　　脚韻はビルからビルへかけての焔だ。
一五〇〇〇〇〇〇〇人が私のくちびるで語る。
足音の輪転機で
　　　　広場の敷石の罫紙に
この作品は印刷される。

だれが月に訊ねるか。
だれが太陽に返答を求めるか、
なぜ
昼と夜をつくるのかと?!
だれが地球を天才的な作家と呼ぶか。
だから
この
私の
詩の
作者はだれでもない。
この詩の思想はただ一つ
近づく明日を照明すること。
今年、
今日の現在時、
地下に、
地上に、

空に、
その上に、
こんなプラカード、
ビラ、
ポスターが
あらわれた。

万人に！
万人に！
万人に告ぐ！
堪忍袋の緒が切れた
すべての人に告ぐ！
相語らって
馳せ参ぜよ、
出発せよ！

署名者
復讐（式部官）
空腹（幹事）
銃剣
ブローニング
爆弾
（以上
三名
秘書官）

行こう！
行こう行こう！
ホーホー、
ホーホーホーホー、
ホーホー！

降ってくる！
ワニカ！
わらじん中へケレンキ[1]を隠しな！
はだしで出掛けて集会おっぱじめるか。
かわいいロシアはいなくなった！
かわいそうに、絞め殺された！
新しいロシアを見つけよう！
万人のロシアを！
行こおおおおう！
奴は金ぴか、
お茶と
プチフール[2]の時間だ。
奴んとこへ行くぞ、
コレラの姿で。
奴んとこへ行くぞ、
チフスの姿で。

奴んとこへ行って、
　　　　　おれは言ってやる。
　　　　　　　　　「ウッドロー・
　　　　　　　　　　　　　ウィルソン(3)とやら、
欲しいか、おれの血液、バケツ一ぱい？
それならば……」
　　　　　ロイド・ジョージ(4)んとこまで
　　　　　　　　　　　　　のさばって、
言ってやる。
　　「お耳拝借、
　　　　　ジョルジュ君……」
「奴んとこまで行くって！
　　　　　奴の手前にゃ大海がある。
　　　　　　　　　　　大海は
　　　　　　　　　　　　　平ちゃらだぜ、
　　　　　　　　　　　　　　　ロシアのやせ馬一匹や二匹」

「なんの！
　　　　こちとらは飛ぶ馬だ！
行こう行こう！」
アピールに起こされて、
　　　　　　　　　森のなかから
　　　　　　　　　　　　　　ねぼけまなこで
這ってきた、けだものの親子の大群。
象につぶされて、豚の子が悲鳴をあげた。
犬の仔どもは犬の仔どもの列をつくった。
がまんできないのは人間の叫び声だ。
けれどもけだものの叫び声は
　　　　　　　　　　　　細引で心をひっぱる。
（きみらがけだもののことばを御存知ないなら
私がけだもののわめきを翻訳してあげよう）

「おい、

ウィルソン、
脂ぶとりの！
人間の罪を、
刑罰を奴らに課すがいい。
しかしおれたちは
ヴェルサイユ条約[5]に調印しなかった。
おれたち
けだもの族は
何のために飢えている。
めいめいのけもののかなしみを奴らに投げろ！
せめてあと一度だけでもたらふく食いたい！
でっかい草をはらんだインドの国へ、
アメリカの牧場へ行こう！」
オ、オ、フー！
おれたちにゃ狭い、封鎖[6]の檻。
進め、自動車！

集会へ、オートバイ！
くだらんもの、右へ行け！
道路は道路につづけ！
道また道が一列に並んだ。
聴いてごらん、道路のことばを。
何と言ってる？

「われわれは風と埃に息をつまらせ、
腹ぺこのレールぞいに草原をくねった。
どろんこの貧弱な数百マイルを
徒刑囚についてとぼとぼ歩くのは飽きた。
われわれはアスファルトになって流れたい、
急行列車の重みにへこみながら。
立ちあがれ！
もう眠るのはまっぴらだ、
道路の埃にあやされて！

行こおおおう！」

イ、イ、イ、イ、イ、イ、イ、イ。
行こう、炭田へ！
パンを求めて！
　　　黒パンを！
　　　　　おれたちのために植えたパン。
薪なしで走らせるなら、
　　　低能をやとってくれ！
集会へ、機関車！
　　　機関車、
　　　　　集会へ！
早くうううううう！
　　　早く早く！
おおい、
県《あがた》ども、

　　　錨をあげろ！
ツーラ県にアストラハン県、
　　　大きな図体がつぎつぎと、
アダム時代から
　　　ぴくとも動かなかったそいつらが
動き出した。
　　　それに、みろ、
ほかの奴らも
　　　町の音をとどろかせ、押し寄せてくる。

落伍したくらやみを追い立て、
電球のひたいで突っかかり、
集会へ急ぐともしびどもの連隊、
街灯の柱でのっしのっしと。

上では、
　　　水と火とをないまぜ、

水死人に腐れた海たちが走った。
「いたずら者カスピの波に道をあけろ！
ロシアへ逆戻りの水路は二度と歩かん！
やつれたバクーではない、
　　　　　　　　歓楽のニースの
砂浜で地中海の波どもと踊るぞ」

そして最後は
　　　　駆け足とドライブ、
　　　　　　　とどろきの下から、
極端に大きな両肺に息を吸いこみ、
もつれた黒雲のように穴から噴き出し、
嵐となって荒れはじめたロシアの空気たち。
行こおおう！
行こう行こう！

これらすべて、

一億五千万の人間たち、
十億の魚たち、
一兆の昆虫、
野獣、
家畜たち、
数百の県《あがた》、
そのなかに建てられたもの、
立っているもの、
生きているものすべて、
動けるものすべて、
動かないものすべて、
這いつくばい、
這いまわり、
流れただよい、
かすかに動いた奴すべて
これらすべてが溶岩になって、
溶岩になって！

かつてロシアと呼ばれた場所の
上空に鳴りわたる声。
「くだらんことだ、
サッカリンのあきない！
心に必要なのは鐘どもをつきならすこと！
今日おれたちは
天国へ
ロシアを投げよう、
日没の虹いろの割れ目の彼方へ」
ホーホー、
ホーホーホーホー、
ホーホー！
行こう行こう！
雲どもの白衛軍を突きぬけて！

＊

なぜ県《あがた》たちの巨体が這い出てきたのか、
むかしの県知事たちに定められた地帯から。
どうして空は耳そばだてているのか。
地平線はだれを眺めている。

今日
　　全世界の目が
　　　　　　おれたちに向けられ、
おれたちの片言隻語をとらえようと
　　　　　　　　　　万人が耳をそばだてるのは、
　　　　　　　　　　　　その目的は、
これを見るためだ、
これらのことばを聴くためだ。
それは

極限を超えて投げられた
革命の意志、
それは
人間と
けだものたちの巨体を
大きな機械の体に詰めこんだ集会、
それは
腕、
足、
かすがい、
てこ。
空気の稀薄な場所へ
団結の誓いも固く突き刺さったそれらだ。
この世せましと泣きわめく
詩人どもを
うっちゃって、
これらの唄を聴くがいい。

おれたちは来た、首府を抜け、
ツンドラを突破し、
ぬかるみと水溜りをまたいだ。
おれたちは来た、数千万。
数千万の労働者、
数千万人の土方と勤め人。
おれたちは来た、住居のなかから、
火事に照らされた倉庫から、
市場から逃げて来た。
おれたちは来た、数千万、
数千万の物体、
片輪にされ、
砕かれ、
破壊された物体。
おれたちは山から下りて来た、

年月にかじられた森から、
野原から這い出て来た。
おれたちは来た、
数千万、
数千万の家畜、
狂暴化した、
愚鈍な、
腹のへった。
おれたちは来た、
数千万の
不信心者、
異教徒、
無神論者、
ひたいを、
錆びた鉄を、
野原を

ぶつけながら、
ますます
熱烈に
主なる神に祈ろう。
来たりたまえ、
星空の
やさしい臥所《ふしど》からではなく、
鉄の神よ、
火の神よ、
火星や海王星、
織女星くんだりの神ではない、
肉体をそなえた神、
神すなわち人間よ！
上天の星々の浅瀬に
乗りあげた神ではない、
地上の、

おれたちのなかの神よ、
来たりたまえ！
あらわれたまえ！
〈天にまします〉
あの方じゃない。
みずから
みんなの見ている前で
今日は
おれたちが
奇蹟を
おこなうのだ。
汝の名において
たたかわんがため、
かみなりのなか、
煙のなか
おれたちは竿立ちになる。

真空に物質を与えて、
　　　創造した神の仕事より
三倍もむずかしい仕事に
　　　　おれたちは突き進む。
しかもおれたちは
　　　新しいものを建設し、
想像するのみか、
　　　古いものを爆破しつくす。
渇きよ、飲ませてくれ！
飢えよ、満腹させてくれ！
今こそ
　　　たたかいに
からだをはこべ。
弾よ、もっと繁く！
怖気づいた奴らに！
茂みへ走る奴らに

鳴りひびけ、パラベルム[7]！
これだ、こいつだ！
精神のどん底まで！
熱で、
　炎で、
　　鉄で、
　　　光で、
焼け、
　焦がせ、
　　切れ、
　　　こわせ！
おれたちの足は
　稲妻のような列車たちの通過だ。
おれたちの手は
　埃を吹き払う草原の扇だ。

おれたちの鰭《ひれ》は汽船だ。
おれたちの翼は飛行機だ。

行け！
　　　飛べ！
　　　　　航海しろ！
　　　　　　　発車しろ！
全宇宙の目録を点検しながら。
必要なものは、
　　　　よろしい、
　　　　　　　結構。
要らないものは
　　　　糞くらえ！
　　　　　　黒い十字架。
貴様の
　　息の根をとめてやる、
　　　　世界め、ロマンチストめ！

心には
　　信仰の代りに
　　　　　電気、
　　　　　　蒸気。
乞食の代りに
古いものは殺すべし。
　　全世界の富を掏《す》ってやれ！
　　　　頭蓋骨で灰皿を作れ！

野蛮な破壊で
古きを払い、
新たな神話も
われらはこわす。
時間の垣根を
足で蹴やぶる。
千個の虹を
天の音階に。

新たなる光のなかにひらくのは
　　　　　　　　　　詩人に汚されたバラやまぼろし。
何もかも
　　大きな子供
　　　　　おれたちの目を
　　　　　　　　楽しますため！
おれたちは突然
　　　新しいバラを
　　　　　発明しよう、
広場の花びらをもつ首府のバラを。
そのとき、
　　くるしみの烙印を押された人は、
　　　　　　　　すべて
今日の死刑執行人のもとへ集まるがいい。
きみたちは
　知るだろう、

人間とは
やさしいものだと。
光線づたいに星までのぼる
愛のように。
おれたちの精神は
恋するヴォルガたちが合流した
一つの河口になるだろう。
きみの目には
(だれでも泳いでくるがいい)
かがやきがあふれるだろう。
ほそい動脈の
一本一本に
おれたちは浮かべよう、
詩的虚構のおとぎの船を。
世界は正しくおれたちの
予言どおりになるだろう、
水曜にも、

過去も、
現在も、
いつも、
あしたも、
その次の日も、
未来永劫に！
世紀をかけての
夏のために
たたかえ、
歌え。
〈これぞ
最後の
大決戦（8）！〉
喉の一斉射撃で闘争歌をとどろかせよう！
百万を足せ！
百を掛けろ！
街へ！

屋根へ！
太陽へ！
世界へ、
ことばの体操選手たち！

すると
ロシアは
ぼろをまとった乞食ではない、
破片の山でもない、
ビルの灰でもない、

ロシア
全体が
ただ一人のイワン、

その
腕が
ネヴァ河、
踵はカスピの草原。

行こう！
行こう行こう！
行くんじゃない、飛ぼう！
飛ぶんじゃない、稲妻になろう、
精神を西風で洗いきよめて！
バーとトルコ風呂、
　　　　通過。
うて、たいこ
　　　　たいこ、たたけ！
むかし、どれい！
　　　　どれい、いない！
どれいうて！
　　　　どれいたたけ！
　　　　どれいだいこ！
おおい、鉄の胸した男たち！
　　　　頑丈な男たち、おおい！

うて、たいこ
　　　　　たいこ、うて！
さもなくば、さもなくば、
消えるかパンクだ！
うつぞ！
　　　うってる！
　　　　　うった！
たいこを！
　　　たいこを！
　　　　　たいこを！

革命は
　　ツァーリからツァーリの呼称を奪った。
革命は
　　群衆のひもじさをパン屋に投げつける。
だがおまえに
　　　どんな呼び名を与えよう、

竜巻の柱にあざなわれた全ロシアに?!
人民委員会議の
（竜巻の頭脳の一部だ）
跳躍には、いかなる法令もついていけない。
その心臓はおそろしくかさばって、
レーニンすら若干もてあまし気味だった。
赤軍兵士を退却させることはできよう、
共産党員を刑務所の軛《くびき》につなぐもよし、
だがこいつを
どんな関所が阻止できるか、
ひとたび
こいつが
歩き出したら?!
かみなりは沿岸の耳をひきちぎり、
水しぶきは二十七の国々まで散った、
イワンが
足音もすさまじく

世界に嵐の脅威を与えようと
　　　　　　　　　出発したとき。
空想のあぶみに足を掛けよう、
日々の火薬に鞍を置こう、
このかがやかしいまぼろしにつづいて
　　　　　　　　　おれたちみずから
無限の空間へ光となって飛び立とう。

*

今度は
　インスピレーションの車輪をまわそう。
リズムの型も新しく。
この章の主要登場人物はウィルソン。
舞台はアメリカ。

世界は
五大洲から
五重奏団をあつめ、
アメリカに魔法の力を与えた。
アメリカにある一つの町、
その基礎は一本のねじ、
すみずみまで電気と動力と機械の町。
シカゴには
放射状にのびる
一四〇〇〇の街路。
その一本ごとに
七〇〇の横町、
長さは汽車でも一年かかる。
シカゴの人すら首をひねる！
シカゴでは

あかりのせいで
太陽が
ロウソクよりも明るくない。
シカゴでは
眉を動かす、
それすらも
電気じかけ。
シカゴでは
鉄道は曲芸師、
何百里も
空を
走る。
シカゴの人すら首をひねる！
シカゴでは
どんな人でも

佐官級。
その仕事は
バーに行って
屈託知らずに遊ぶこと。
シカゴのバーに
たべられるものは
そうたんとない。
シカゴの人すら首をひねる！
首をひねる！
摩訶不思議！
シカゴでは
すごい轟音が吠えるから、
千馬力の機関車に引かれる
貨物列車も
まるで
しずかでちっぽけな

ネズミの
　　　かさこそだ。
汽船も
　　この町へは
ロシア人を連れて行かない。
数十階の宮殿もわれわれのためじゃない。
わたしは一人でそこへ行き、
バーで飲んだりたべたりしました、
ヤンキー女とジンも飲みました。
今にきみらも行けるだろうが、
　　　　　　　行けないうちに
ひとつ奇蹟を起こしちゃいかがです。
詩の
早飛び長靴(9)をはいて、
積極的にアメリカを廻って歩こう！
高層ビルのてっぺんに

空港がある。
進め、
飛行船の横っ腹をたわませて!
橋どもはちぢまってスズメの肋骨。
眼下のシカゴは
一匹のヒキガエル。
やがて
かすかに見える
空の高みから、
おれたちは猛然
石みたいに奈落めがけて落下。
メトロの
トンネル、
地下数十里を掘っくりかえし、
広場に出る。
人でいっぱい。
約三里平方の広さ。

ここからおれたちに必要なものが始まる、
すなわち「王様通り」、
ここのことばでいえば
「ロイヤル・ストリート」。

どんな通りだ。
何があるんだ。

そこにあるのは
チップル・ストロング・ホテル。
いや、こりゃあホテルか、
夢か?!
このホテルの
小ざっぱり、
あったかい部屋に
住居するのはほかならぬ

ウッドロー・
ウィルソン。
語ったとしても、
どんな住居かは語るまい。
お願いだ、どうか本気にしないで欲しい。
どんなにうしろへさがったところで、
こいつを一望できる場所はないんだ。
たとえ
見えたとしても
隅っこだけで、
それがまた
とびきり珍しい!
たとえば、見てごらん、
台所の天火、
こいつが太陽光線を圧縮したやつなんだ。
脇にまわってみれば、
山も山ならず!

数百里、
　　あるいは数千里か。
風見《かざみ》は第七天国にとどく。
その風見だって
　　　　　神が磨くんじゃないか。
階段はここにもある！
　　　　　　　　この階段を上っちゃいけない！
ちゃちな円柱、
　　　　ちゃちなバルコン、
　　　　　　　　ちゃちな踊場をぬけて、
この階段が何段あるか、
足の裏では数えきれない、
おびただしい数の
　　　　段々ども！
歩いて上るなら
　　　若いうちに行きゃれ！
けれど年取っても

着けるかどうか保証できない！
途中には
エレベーターのための食堂がある。
むなしく飢え死にせぬように。
さいわい
行き着けたとすると
五人ずつ列を作って通される。
まず三百の部屋の客たちが通る。
やっと入った。
なんたること！
ここで
ふたたび部屋部屋が始まる。
ボーイが迎えに出てくる。
棍棒をにぎって。
そんなボーイが五人も入れかわり。
またもや棍棒。
またもやボーイ。

広間をすぎると、
　　　　　　またボーイ。
ボーイの次には
　　　　　　それより多い
　　　　　　　　　　飛脚。
飛脚が飛脚を着々追い越す。
きりがない。
　　　この数をみたら
青二才フレスタコフ(10)も息を呑む。
そして
　　　この恐るべき現象に
　　　　　　　　　　ぐったりし、
もはや
　　逃れる
　　　　すべもなし、
もはや
　　この道行きが終ることは

考えられぬと
観念したとき、
ふと応接室に出る。
ここからは簡単に入れる。
六尺ゆたかな秘書が
戸口にむっつり立っている。
ほそめにドアをあける。
段々を（二段）
上って、
一目見るなり、
あっとおどろく！
ひるまの太陽ではない、
彼のあたまに大きなシリンダー、
スハレヴァ塔（11）のようにそびえ立つ。
ダイナマイトを吐き出し、
おくびを吐き出し、
みごとな赭毛《あかげ》、

ごんごんとなる怪物。
奥行を見れば
まさしくヨークシャの豚だ！
背丈は――
どれだけの背丈か分らん、
足とあたまの間の遙かなる距離！
何かぶつぶつ言うかとみれば、
口笛しゅうしゅう吹きならし、
急にひっそり鎮まっては
大砲みたいにどかんとやる。
人間どもはひたすら小さく、
下界を行き来し、
彼の下に立ちならべば
さながら百姓小屋。
ほっぺたなどは
超自然的にやわらかく、
ひとりでに

おいでおいでの
かたちになる。
きものは薄物、
ないも同然、
極上物の詩人の陶酔でつくった服だ。
ウィルソンのズボン下は、
ズボン下じゃない、ソネット、
奴らのオネーギンから何ヤールか取ったやつ。
しかもよく働くこと!
しばしも休まず。
死ぬまで休むことはまずあるまい。
親指のまわりで
もう一本の親指をまわす。
あるいは早く、
あるいはゆっくり。
一回まわせば
どこかの工場から

収益《あがり》があがる。
こちらは
印税も満足に払っちゃもらえないのに。
もう一回まわすと
シュトラウスのワルツが始まる、
宮殿に黄金の雨がふる。
こいつを養うのに
浪費した金額よ。
全身食いすぎ、
飲みすぎである。
死んだとき
むくろを失《な》くすまいと
待っているのはラード屋、
バター屋。
アメリカ人はみんな
この怪物に忠誠を誓い、
誇らしげに

曰く、
私は
アメリカ国民です。
私は
自由な
アメリカ市民です。
怪物の
足元に平伏する
召使どもの群れ。
広間はいっぱいだ、
リンカーン、
ホイットマン、
エジソンのやからで。
随員は
美人ぞろい、
最高の名門ぞろい。
怪物の一挙手一投足を待ちうける。

アデリーナ・
　　　パティ[12]を
御存知か。
　　　彼女もここにいる！
きゅうくつなタキシードを着こんだホイットマン、
めずらしいリズムでぶらんこみたいに揺れ出さんとする。
アメリカ最高にして最大の称号、すなわち
〈女性の皺のばし功労者〉なる称号をもち、
すでにメーキャップをすませ帽子をかぶり、
いつでも歌い出せるシャリアピン。
砂のごときものを寄木細工の床にぼろぼろこぼし、
寄る年波にすっかり脆くなった大学教授ども。
かの高名なるメチニコフ[13]も燭台から
ロウソクの燃えさしを殺《そ》いでいる。
むろん、
　　学者を
　　　　ここへ

連れてきたのは
理論の洪水。
芸術家は、
それ、
御大層な
エコールデボーザール。(14)
ウソをつけ!
こいつらが
寄ってきた
そのわけは、
市場に出られるからさ。
毎朝
これら
ミューズと名誉の好きな奴らは、
籠を背負って
市場へ出掛ける。
運ぶわ、

運ぶわ、
肉に
バター。
詩人の王
ロングフェローとやらは
クリームの壺を百も運んだ。
ウィルソンはくらう、
脂肪はふえる、
腹は突き出る、
一階また一階と。

小さな注

絵描きどもは、
ウィルソン、
ロイド・ジョージ、
クレマンソーら(15)を
描くとき、

髭をつけたり、
つけなかったりだが、
つまらん努力だ。
こいつらは
みんな
おんなじものである。

＊

さて
お笑いの章はもう沢山だ。
アメリカは
あたまに
はっきり刻まれた。
次は
肝心の事件に移ろう。
巨大な、

おどろくべき事件の核心に。

その
日は
耐火性の
一日だった。
災熱の氾濫に地面は沈黙した。
刃こぼれした風の馬鍬は
いたずらに空気をたがやそうと焦った。
シカゴでは
べらぼうな気温、
およそ百度、
すくなくとも八十度はあったか。
みんな浜に出た。
散歩できる人は散歩した。
大部分は寝そべった。
汗が

かれらのさわやかな体で
芳香を放った。
歩いては喘いだ。
寝ては喘いだ。
むすめたちは狆《ちん》を鎖で引きまわし、
その
狆たるや、
肥えに肥えて
牡牛のよう。
牧歌的にまどろんでいた
ある貴婦人の
鼻の穴めがけて、
暑さにやられた蝶々が飛びこんだ。
一部の人たちは口角泡をとばし、
「アー」と言い、
「ウー」と言った。
木から和毛《にこげ》が舞い落ちた。

ミモザの木から舞い落ちた。
白い絹やモスリンの上で
バラ色に見えた。
バラ色の上で白く見えた。

こうして
ひどく永いあいだ
誰もがもっぱら
楽しいひまつぶしに余念なかった。
だがすでに
一時間前から
なにかが
変化し
はじめた。
かすかにきこえる、
精神の端っこでやっと感じとれるほどに、
何かが吹いている。
無風状態の海に

さざなみがひろがった。
これはなんだ。
一体なにが始まった。
翌朝、
稲妻をきらめかせて
ＡＴＡ
（アメリカ通信協会）が
こんな放送を町に浴びせかけた。
《太平洋に大暴風雨。
モンスーンと貿易風は気がくるった。
シカゴの岸で魚が獲れた。
非常な奇魚である。
毛が生えている。
あたまが大きい》
寝ぼけまなこの人たちが起き出して、
この現象を論じ合うより早く、
ラジオは

あわてて
訂正を放送した。
《魚のことはウソ。
土地の漁師は酔っていた。
モンスーンと貿易風に異常なし。
けれども嵐は事実である。
いっそう烈しくなった。
原因は不明》

大会社の持ち船は出航を禁じられた、
それに
つづいて
小さな船会社の船も。

ドルは暴落した。
スーツケースは飛ぶように売れた。
株屋は大恐慌。

町では
知らぬ者同士が

袖引き合って。
情報を交換した。
至急報！
ラジオ！
号外！
《ラジオは誤報。
嵐のせいではない。
事情は一変した。
敵国艦隊の轟音》
ラジオは疲れた。
途端に
すべてをひっくり返し、
最新の、
最近の、
恐るべき、
センセーショナルな
ニュース。

《大砲の煙ではない、
海の青さである。
戦艦も、
艦隊も、
船団もいない。
なんでもない。
イワンだ》

イワンとは何？
イワンとはどんな？
イワンとはどこから？
イワンとはなぜ？
イワンとはどうして？
この上ない混乱が始まった。
信頼するに足る、
ましな説明は
一つもない。
即刻、最高会議がひらかれた。

夜っぴて宮殿の灯がちらついた。
ウィルソンの大臣《おとど》、
アルトゥール・クルップ(16)は
喋りすぎて、
しかばねのごとく倒れた。
資本主義の忠実なる僕《しもべ》クルーゾ(17)は、
疲労困憊その極に達した。
ウィルソンは
なみなみならぬ
頑固さをみせ、
明け方ちかく
決心した。
朕は一騎打ちに出掛ける。
災厄は近づく。
二千里。
千里。
百里。

近づくものの姿かたちを
探りあて、
そして……
つきとめた、
目の大きな灯台たちが。

*

この章の
行たちよ、
とどろけ
時間をリズムで掘れ！
唄のなかに、
ホメロスの英雄たちの神話よ、
トロイの歴史よ、
見ちがえるほど拡大されて、
よみがえれ！

飢えて、
　体温まさに一度、
いのちを、
　　与えられたほどこしもののように、
私はよろこぶ、
お前の未曾有の歩みをたどりつつ。
今はどこだ。
　　足はどこにある。
どこの海を行く？
突進する電報の稲妻を
つめたい詩で縁どろう。
イワンの助走はダーダネラに突入した。
トルコ人たちは
　　口をぽかんとあけて
眺めた。
　一人の男が

（あたまはガズベクにとどく！）
ダーダネラの砦の上を行くのだ。
老人たちは逃げ出した。
青年たちは防波堤へ。
出て来た。
叛乱の唄と青春が。
そして岸に
大波がとどくや否や、
防波堤に津波がとどくや否や、
それが合図のシグナルのように、
みんな走り出した。
人また人、
階級また階級。
ある者は戴冠した。
ある者は追放された。
海ぞいに徒歩で行って、
視界から没した。

ほかの人たちは海の浴槽に呑みこまれ、
ほかの人たちは
　　　血走ったクジラの玩具にされた。
けれどもこの人たちは
　　　　　イワンのなかへ
　　　　　　　　なだれこみ、
船室のなかの水夫のように、
　　　　イワンのなかで配置についた。

（シカゴでは
　　　シカゴ人たちの恐ろしい時を
予告するものはまだ何もなかった。
弓のように体を反らせ、
　　　横っ腹を突き出して、
みんな楽しんでいた、
　　　せわしなくダンスしていた）

ローマの人たちは息を殺した。
ティベル河に嵐。
ティベル河は
猛りくるって、
ローマ法王のあたまを剃りおとし、
朝焼けのなか、イワンに加わった。

(シカゴでは、
リキュールに口髭を落とし、
女の肉の突出部をひっつかみ。
「イー・ラ・ラ!
オー・ラ・ラ!」、
キスだらけ、
すっぱだか、
凹凸はげしい女の肉)
黒い夜。

星の街灯もない。
ウィルソンめざし、
水のマッスを滑り、
詩人たちに歌われた
ライン河が忍び寄る。
青い花模様の絹服をちらりと光らせながら。
（シカゴは
眠っている、
踊りくたびれ、
飲みくたびれて。
ぶくぶくの体を枕がわりに愛撫しながら。
青い水も寝入った。
いびきをかいている。
海もいびきをひびかせる。
昼が立ちあがる。
これは奴らへの仕返しではないか）

イワンが行く、
きらめきをひらめかす。
イワンが歩む、
磯波をはねかえす。
生きてるものが走る。
海ぞいに走る。
世界は赤い高慢な火山になる。
この火山は
古い地理学者が作った地図には載っていない。
あわれなエトナではない、
この全世界が
人民の熔岩をはねかける噴火口である。
熔岩の豪雨に
生きてるものと死んでるものが
擦り切れた国々を
大声あげて走りまわる。

ある者は
　　腕さしのべて
イワンに走り、
　　　他の者はウィルソンにまっしぐら。
日常の泥のこまかい事実のなかで、
明らかになったただ一つの事実、
すなわち突然、
　　　あらゆる中立が廃止され、
地上にはいかなる中道もなくなった。
色も、
　　ニュアンスも、
　　　　　なんにもなくなった。
その例外は、
白色に染める色と、
血の色に染める
　　　　赤。
赤紫はますます赤紫になった。

白はますます白く白く。
イワンは
王国の
血のなかを歩み、
世界の上空で灯火の記念式典を挙行する。
つまり要塞を建てたのは無駄だった。
沈黙しろ、お喋りの大砲たち！
もう沢山！
難攻不落のジブラルタルをイワン通過。
世界は一つの海のように
イワンの足下に横たわる。

（シカゴの
浜では
娼婦の子供たちが
荒れくるう海をこわがった。
時間は作りばなしの手綱を放して、

噂また噂を追い出した)
こんなつるつるの広い海で
どんな提督が
船の進路を会得できよう?!
イワンは行く、
人間たちのダイナマイトを孕んで。
イワンは行く、
全世界のにくしみという爆発物を抱えて。
太平洋の表面は
四方にひろがった。
イワンは
海図もなく、
コンパスの針もなく、
しかも目標をしかと見定めて
進みつづけた。
まるで

海どころか、
一枚の皿を拭くように。

（シカゴでは、
ウィルソンの足元まで
大波が押し寄せた、
イワンの行進が捲きおこした波だ。
ウィルソンはボクサーを、
弓の名人を、
フェンシング教師を呼び集め、
たたかいの力をたくわえた）

こんなふうに発見者たちは、
コロンブスたちは
顔をかがやかしたのだ、
イワンの
鼻

まで、
まるで
千の香りをもつ花壇のように、
接近する土地の香りがただよってきたとき。
(シカゴでは、
ボクサーが
仕事に懸命。
ウィルソンを地面に寝かし、
それから……
それ、こすれ！
揉むわ、
こするわ、
体いちめん軟膏をすりこむ)
灯台の片目がぴかりと光った、
と、

脳髄へ、
目へ、
口へ、
あらゆる海の隙間から這い出して、
アメリカが押し寄せてくる、押し寄せてくる。
弾みをつけて造船所は造船所の上に重なった。
陸橋は陸橋の上に飛びあがった。
大きな煙、
こいつを見ていると、
まさにここは地獄と
思わざるを得ない。
（ウィルソンの年齢《とし》はどこへ行った。
だまされた！
四十も若がえった。
ふくれあがった腹の筋肉。
さわってみる。

よろしい。
準備完了）

着いた。
泡で波を泡立てながら、
巨大なビルの屋根をまたいで、
アメリカの海岸に
イワン上陸。
乾いている。
足も濡らさず。

（ウィルソンに最後の点検、
その機械じかけの具足に。
装甲したヘルメットをひたいにかぶり、
急ぎイワンめざして出陣）

シカゴの人は

せまい広場で
ひしめきあうのを
好かない。
でなくとも
シカゴの広場は
最優秀である。
だが
シカゴ人もおどろくほど
無限に大きな広場が
この出来事のために用意された。
人々は
喧嘩の場所をとりかこみ、
無限に広かろうと知ったことか！――
一つの包みをつくった。
片や、
貂《てん》、

海貍《ビーバー》を身にまとう人々、
油によごれた菜葉服の人々。
片や、
馬たちも
このどさくさに
参加した。
海貍たちには
アラビア産の競馬馬、
菜葉服には
駄馬の重たい体。
いなきをあげて、
競馬馬を威嚇《いかく》する。
自動車が集まってきた、なめらかに。
輸出も、
輸入も、

階級にわかれた。
海貍たちには
しゃれたリムジン車、
菜葉服には
百馬力の
トラック。

唄にも絵の具にも
猶予はないだろう、
きびしい裁判官、たたかいが裁くだろう。
海貍たちには
世界中のデカダンス詩人の作品、
菜葉服には
未来派の鉄の詩行。
だれひとり、
だれひとり復讐を逃れられまい。

星、
それすら
逃れられぬ。
海狸に集まれ、
星座の将軍たち、
菜葉服に来い、
銀河の数億の星たち。
囚われていた熔岩をおもてに吐き出し、
地球そのものが
二つの半球にぽっかり割れて、
冷えかたまると
秤のように
太陽に懸った。
集まった大砲たちが一せいに、
広場の上に
宣言した、

《全世界階級闘争
優勝決定戦！》
ウィルソンの
門の奥行は
数里、
その門すら
腹ばいになり、
這い出した。
大きな靴で
コンクリをひんまげる。
銑鉄で、
鋼鉄で吠える。
イワンの内部を見とどけようと、
ウィルソンはひとみをこらした。
いや、

べつに見るものもない。
何事もない、
シャツを透かして肉の色が見える。
いい体格だ、
あちらには
四連発の
拳銃があり、
七十の刃をもつ
サーベルがある。
こちらには
腕と
腕だけ、
しかも片腕は
バンドのなかに突っこんで。
ウィルソンは目で探った。

口髭に笑いがこみあげた。
肩でエポレット勲章を舞い上がらせた。
《わしが
（笑止や！）
こんな奴と？
わしが
こんな男を
倒せんと?!》
するとあたかも
風どものすすり泣きなのか
墓の盛土がそびえるよう。
われらのイワンは
棺に横たわり、
今後
だれも
その噂すら

すこし
耳にしないのか。

サーベルが一声わめいた。
袈裟《けさ》
がけに、
四里ほど切り裂いた。
ウィルソンは立ったまま待つ、
血が流れ出るのを。
ところが、
傷のなかから
突然出てきた、
人間がひとり。
そして陸続と！
人間、
建物、
戦艦、

馬が
狭い切り口から這い出てくる。
唄を歌って。
伴奏入りで。
わざわいなるかな！
北国のトロイから送られて来たのは、
叛乱を詰めこんだ人間馬だった！
シカゴ人たちは駆けまわり、
ソヴェト体制に関するニュースが
呆然たる野次馬のなかを駆けぬけた。

＊

新聞記者の諸君、
しつこく問い給うな、
このたたかいの所と
時を。

この章で
五分に圧縮されるのは
あらゆる実在非在のたたかいの年月。

レーニンに捧げるのではない、感動的な詩を。
たたかいのなかで
私は億の人々をたたえ、
億の人々を目撃し、
億の人々を歌う。
耳をかたむけろ、歴史学者も雄弁家も、
非在のたたかいをふくむペリペティア[18]に！
《起て、呪いの烙印ある者よ[19]》と、
よろこばしい知らせが発射した。
それに応えて、
億の
声々。

「準備はできた！」

「待ってたぞ！」

《神よ、ウィルソンを守り給え。

つよき神よ、すべてをみそなわす神よ》と、

奴らは

錆びた声を挙げた。

地球半分は歌いだした、赤い唄を。

地球半分は歌いだした、白い唄を。

すると、

赤い唄のうしろで、

また

白い唄のうしろで、

破城槌《タラン》が閉ざされた未来を突きはじめた。

硬い光の毛が削りはじめた、

掃きはじめた。

腕たちは繁茂し、

たやすくほどいた、

不可思議な寸法の精神と土地を。
叛乱の箒に掃かれて、
商人たちは
　　　いつもの商いも全うせず、
熱湯を注がれたアリのように散らばった、
銀行から、
　　　デパートから、
　　　　　　事務机から。
陸を締めつける埠頭や堤防にむかって、
海から
　　町へ
　　　　水が押し寄せた。
電信柱は
　　　そここで、
電線に教会を引っかけた。
長年すわりつづけた礎石を捨てて、
檻のなかの虎のように、

高層ビルが次々と歩き出した。
　　　　　　　　　お邸の肉を
　　　　　　　　　　　数ポンドずつ、
その入口のでっかい顎で嚙み切った。
われとわが身を歩道から引っこぬき、
（主人よ、貴様のおでこはどこだ？）
貴金属店の鏡のガラスに
道路の敷石たちが跳びかかった。
暗礁に乗り上げることも恐れず、
胴体を鐘楼で傷つけることも恐れずに、
あっさりと
　　　　（私やきみたちのように）
クジラたちは陸地を歩きまわった。
赤いものすべてと、
　　　　　白いものすべては
互いにぶつかり合った、
　　　　　ぶつかっては歌った。

ウィルソンは宮殿で
ケーク・ウォークを踊った。
尻と前とをゆすぶった。
けれどもこの曖昧な運動を足が全うせぬうちに
ふとウィルソンは戸口を見る。
その戸口には、
厳然と、
不吉な足どりで、
人間また人間、
物また物。
そのドアから崩れこむ。
「ウィルソン殿、
責任とってくれ！」
すると、
善良な市民をよそおっていた奴らが

ウィルソンの
　首飾りに
　　コブラみたいにすがりついた。
なるべくやわらかい
　　小ぎれいなのをえらんで、
客間では
　億万長者夫人を
　　でっかいトラックが追いかけた。
逃がすな！
　四十の足もつ家具が
　　猟を始めた。
更衣室の人間どもを踏みにじり、
　　足で食卓を突き刺した。
じぶんの襟で
　首筋を締めつけ、

うつぶせに倒れた
ロックフェラーをまたいで、
アブラ虫のように
踏みつけ、
なだれこんだ。
シカゴに落ちた。
街では
たたかいの煙に
一寸先の建物も見えない。
映画で
よくあるように、
突然
大写しに
見えたのは、
混沌を突きぬけ、
這いまわる思惑に止めを刺し、
後足で立ちあがった

国民経済会議《ソヴナルホーズ》だ。
だがウィルソンも負けてはいない。
宮殿に腰を据え、
金《きん》のスプリングを押すと、
たちまち敷かれる散兵線。
この軍勢は人間ではない。
タンクよりも、
人間の兵団よりも恐ろしい、
腹のないやつが起ちあがり、
口を百そなえたやつが歩きだし、
億の歯をもつ飢えが
突撃してきた。
町に嚙みつき、クルミのようにまっぷたつ。
村を掻きあつめ、そいつの骨を軋ませる。
人間、
人間やけものなんかは

ぱくりと一呑み。

飢えの前方を、

耳そばだて、

道をひらきながら、這って行くのは混乱だ。

工場が呼吸する。

混乱が聞きつける。

工場の呼吸を混乱が聞きつける。

工場をなぐる、

工場が倒れる。

工場を締めつける、

工場は廃墟だ。

レールの破片を棍棒がわりに使う。

何もかも破壊だ、

滅亡だ、

倒壊だ。

準備しろ！

攻撃だ！

労働だ！
汗をかけ！

飢えの喉を、
混乱の喉ぼとけを、
鉄道を紐にして
締めあげろ！
飢えにふさがれ、
諸国の呼吸が
今まさに絶えんとしたとき、
列車の
破城槌《タラン》をかまえて、
輸送機関が前進した。
機関車の白髯は風になびき、
たたかいの末、
飢えは倒れ、
そのからだの
残骸をくらいつつ、

パンを積んだ列車は通過した。
ひんまがり、
怒りに燃えて、
ウッドローは
命令した。
「ただちに打ち殺せよ」。
新たな軍勢を召集した。
すなわち致命的な伝染病を。
ぬかるみの鎧に身をかためて進む
スピロヘータまたスピロヘータ、
コレラ菌またコレラ菌。
バクテリアの毒で、
シラミの四つ足で、
血は汚され、
みんな這いずる。
それは
めずらしい病気だった。

人は
とつぜん
眠たくなり、
じんましんが出て、
ふくれると思うと
キノコみたいに割れちまう。
前進した。
先頭には
虹の目をした薬局を立て、
石炭酸の墻を銃眼にかまえて、
野戦病院、
普通病院、
療養所が。
シラミは群れをなして
退却した。
顕微鏡が
シラミどもを

集中攻撃した。
消毒の殻竿《からざお》が打穀をつづけた。
四つ足をひろげて、
敵は倒れた。
その上を、
処方箋の旗をふりながら
通過する勝利者は全世界の保健人民委員部《ナルコムズドラーフ》。

ウィルソンは歯をくいしばり、
病気でもたべものでも負けた上はと、
最後の軍勢、すなわち
毒ある思想どもの軍勢を繰り出す。
デモクラチズム、
ヒューマニズム。

進む、進む、
イズムまたイズム。

何がじぶんに必要なのか
　　　　　　判断する間もなく、
あたまは
　　律法的哲学《タルムード》で
　　　　　　　いっぱいになる。
恋唄《ロマンス》の泥を吸わされる。
讃美歌の呪いにかけられる。
　　　　　　　　絵に誘惑される。
からっぽのあたまに
　　　　本を
　　　　　　詰めこみ、
それでようやく釣り合いをとって、
　　　　　　　　歩き出したのは教授先生ども。
そいつらを
　　出迎えたのは若者たちだ。
ブローニングの深い銃口に
ローマ法も、その他もろもろの

法律たちは落ちて行く。
庶民をペテンにかけ、
地獄でおどかし、
天国で甘やかし、
股みたいに禿あたま、
けものみたいに産毛だらけ、
信仰という政策、
迷信という妖術をかかえ、
袈《け》裟《さ》で埃を舞いあがらせ、
一軍となって動き出した反動坊主ども。
政令の霰にあい、
赤い雪崩につぶされて、
坊主も、
ムラー[20]も、
ラビ[21]も、
四散した。
されば、奇蹟を行う者よ、

臨終の床から
立ちあがれよ！　血まみれの論争の場で、
信仰の支えはくずれる。
おのが教会の
穴だらけのあたまをかかえたピョートル大帝。
時こそよしと
詩人たちは天に舞いあがった。
機銃掃射みたいに上空から射つために。
アカデミーの地位を
だしに、
かれらは誘惑される。
地上へ招かれる。
詩人たちは石のように落ちかかった、
アカデミーの仕事に跳びこみ、
その脚韻の羽毛をむしった！
「全集」という

けものの穴に、
古典作家たちは押しこまれた。
だがあわれみなどするものか！
擦り切れた権威をばらまいて、
ゴリキーが
メンドリみたいに
奴らを
かばっても
無駄なこと。
足の角材で数マイルをなぎ倒し、
腕のクレーンで道を清掃し、
未来派詩人は
過去をぶちこわし、
ちっぽけな文化の紙テープを空中に投げた。
壁また壁、
埃にのたうち、

ルーヴル美術館の屑物が
　　　　　　海軍省とたたかった。
やがて
　海軍省の
　　　銃剣の尖端に、
ルーヴルの絵の臓物がひっかかる。

最後の戦闘。
　　　ウィルソンの出馬。
するとウィルソン方《がた》はぞっとする。
奴はもう灰になってる。
太陽を尻に敷こうとした罰だ。
この勝利を一つまた一つと積み重ねた
秘めし最高総司令官たちの名前を、だれが記憶するのだろう?!
世界的規模のツシマ(22)に砲声とどろかし、
過去の艦隊は海底に没した。
昔の死体を工場で踏んづけ、

未来が億兆の煙突で叫び出した。
「われらをアベルと呼べ、
　　　　　　　　　　　　カインと呼べ、
何ほどの違いがあろうぞ！
未来が来た！
　　　　　　未来すなわち勝利者が！
おおい、世紀たち、
　　　　　　　　礼拝に集まれ！」
残忍な地平線は太陽に道をゆずった。
そして世界の床に
　　　　　　　　さしこむや否や、
カインは巧みに光線の束をとらえた。
音楽家がピアノの鍵《キー》にふれるように。

＊

歴史よ、

この章では
きみの経過は掌を指すがごとくだ。
飢える町、うずく町らが
身をひくと
大通りの埃の上に
陽のように昇るのは新たなる実在。
数限りなく零《ゼロ》のつらなる年代。
教会の暦には
載っていない祭日。
すべては旗に飾られた。
人間も、
建物も。
これは
十月革命の百周年記念日か、
あるいは
単なる

おどろくべき好景気か。
空の斜面に放された飛行船たち。
汽車にも、
無数の船々の甲板にも、
まがりくねった歩兵の列にも、
あふれんばかりの人間たち。

大きなあたま、
赤っぽい光をただよわせた、
あれは火星から飛んできた火星人たちだ。
飛行機ははねまわり、
ふっと見えなくなる。
と、ふたたび鳥のように太陽をさえぎる。
と、ふたたび
遠くの遊星から飛んでくる人たち。
太陽のうしろから、プロペラは扇のよう。
世界の表面に荒地はなくなり、

樹木の枝々はあたかもお伽の国。
緑おいしげる広場で、（かつてのサハラ砂漠だ）
今日は
年中行事の大式典。

日はつぎつぎと落ち、
ふたたび夜の闇が濃い。
整列する前に、
かれら
一せいに叫んだ。
「始めよう！」

《人間の声、
けものの声、
河の吠え声、
すべて讃美の声を高くあざなおう。

みんな歌え、みんな聴け、
世界のおごそかなレクイエムを。
きみたち、昔の人たち、
永の年月を飢えつづけ、
今日の天国の到来を触れつづけた
きみたち、
百万年の未来に
歌い、
飲み、
食らわんとしたきみたち。
きみたち、女たち、
貂《てん》の外套の下に生まれ、
からだには
ぼろをまとい、
死んだように倒れ、
パンのためには
数えきれぬ行列をつくった女たち。

きみたち、
大勢のひょろひょろな子供たち、
飢えにゆがめられた若者たちの群れ、
なにがしかの年まで生きながらえた人、
いかなる年までも生きながらえなかった人。　そして
きみたち、
けものたち、
肋《あばら》のよく見える、
人間どもに食われた麦のこともすでに忘れ、
あくせく誰かを、何かを運びつづけ、
ついには鞭の下に倒れたけものたち。
きみたち、
バリケードで射殺された亡霊たち、
今日の日々の歌い上げられんがため、
貪欲な耳に未来をとらえた
絵描き、

唄うたい、
　　詩人たち。
きみたち、
　　煙と炭酸ガスのなかで、
辛うじて生命を支えつつ、
錆《さ》び鉄、歯車をきしませて、
それでも働いた、
　　それでも仕事した人たち。
きみたち、栄光のことばを語りつづけ、
年ごとに花咲き、決して枯れぬ、
われらのために苦しんだきみたちに栄光を。
億万の生者たち、
　　煉瓦工たち、
　　　　その他のイワンたちに》
全世界の行進はしずかに始まった。
昔の悲しみに心はもはや騒がぬから。

永年の
　　愁いは
　　　　しずかに節づけられ、
その唄は天空高く放たれた。
だれかの死を、
　　　　とわの想い出を語る声々の
こだまはなおも響き続ける。
だが人々は
　　　　すでに
　　　　　　華やぐ町々へ
快楽に彩られた時間を走らせた。
いざ走れよ、歌のしらべに乗り、
花咲け、大地よ、脱穀と種まきのなかで。
きみに贈る、
　　革命の血まみれのイリアスを！
凶年のオデュッセイアを、きみに！

訳注

(1) **ケレンキ** 一九一七年二月革命後、ケレンスキー臨時政府が発行した紙幣の俗称。
(2) **プチフール** フランス風ビスケットの一種。
(3) **ウィルソン** アメリカ二八代大統領(一九一三〜二一)、一九二四年没。
(4) **ロイド・ジョージ** イギリス首相(一九一六〜二二)、一九四五年没。
(5) **ヴェルサイユ条約** 一九一九年のヴェルサイユ条約成立以後、連合国のソヴィエトにたいする経済封鎖と武力干渉は、いっそう激しくなった。第三インターナショナルの成立は、これを一つの契機としている。
(6) **封鎖** すなわち英・仏・日・米など連合国の武力干渉をともなう経済封鎖。
(7) **パラベルム** 自動拳銃の一種。
(8) **……大決戦** 闘争歌「インターナショナル」の一節。邦訳では「いざたたかわん……」。
(9) **長靴** ロシア民話に出てくる。
(10) **フレスタコフ** ゴーゴリの戯曲『検察官』の主人公。賭博師。
(11) **スハレヴァ塔** モスクワ市スハレヴァ広場にあった塔。現在はとりはらわれた。
(12) **パティ** イタリアのソプラノ歌手。一九一九年没。『椿姫』のヴィオレッタ役を得意とした。
(13) **メチニコフ** ロシア生まれのフランスの動物学者、細菌学者。一九一六年没。一九〇八年にノーベル賞を受けた。

(14) **エコールデボーザール**　すなわちécole des beaux arts。
(15) **クレマンソー**　フランス首相、連合国最高司令官（一九一七～二〇）、一九二九年没。ウィルソン、ロイド・ジョージとともに三巨頭と呼ばれた。
(16) **アルトゥール・クルップ**　当時のクルップ重工業コンツェルン経営者は、グスタフ・クルップであり、その先代はフリードリッヒである。「アルトゥール」はマヤコフスキーの誤りか。
(17) **クルーゾ**　フランスの大工場主。
(18) **ペリペティア**　ギリシア悲劇のいわゆる「転換」。劇の終結部近く、筋の急変する部分を指す。
(19) **《起て、……ある者よ》**　「インターナショナル」の冒頭。邦訳では「起て、飢えたる者よ……」。
(20) **ムラー**　回教の神学者。高僧をさす呼称。
(21) **ラビ**　ユダヤ教の牧師をさす呼称。
(22) **ツシマ**　すなわち日本海海戦。

訳者のメモ

訳者のメモ

一九一九年から二〇年にかけて書かれた。十八年の詩劇『ミステリヤ・ブッフ』につぐ十月革命後二つ目の大作である。表題には「億万の意志」「イワンの叙事詩」など、いくつかのヴァリアントがある。最初は通常の行わけで書かれたが、のちに現在のような「階段式」の行わけに書き改められた。

単行詩集としては、一九二一年に国立出版所から作者名なしで出版された。このことについて、マヤコフスキー自身は自伝で次のように書いている。

「一九二〇年。一億五千万を書き終えた。署名なしで発表した。みんなに書き加えてもらい、よりよくしてもらおうと思ったのである。そうしてもらえなかった代りに、作者名はすぐ知れてしまった。それでもかまわない。ここには署名入りで印刷しよう」

この単行本の出版は難行した。マヤコフスキーが原稿を出版所に渡したのは二〇年四月のことだった。だが半年経っても本にならぬことに業をにやして、作者は十月二十日付で国立出版所に手紙を書いた。

「……出版所のみなさん！　もしもあなた方が、この本はあなた方の見地からすれば理解不可能であり、出版の価値なしと判断するなら、原稿を返していただきたい。出版の価値があるなら、このようなサボタージュ行為は即刻やめること。これはサボタージュ以外のなにものでもない。一儲けを狙っている連中の駄作が現に二週間で本になっているのだから」

十一月五日には、詳細にわたたって経過を説明した第二の抗議文を書いた。

「……私はこの本を書くのに一年半を費やしました。私はこの本を個人出版社に売って金儲けをすることを拒み、署名を入れぬことによって著作権を放棄しました。しかもこの本は出版所の会議において、満場一致により、優れた煽動詩であることを認められました。したがって私には、この本をもっと尊重するよう諸君に要求する権利があります。私はロシア文学においては哀願する者ではない、むしろ恩恵を施す者であります……」

だが実際に本が出たのは、それから五か月後の二一年四月であった。待ち切れなかったマヤコフスキーはいくつかの雑誌に断章を発表し、朗読会でも何度かこの新しい作品を朗読している。

やっと出た『一五〇〇〇〇〇〇〇』の一冊をマヤコフスキーはレーニンに贈呈し、「同志レーニンへ。コムフト（共産主義的未来派）より挨拶を送る。ヴラジーミル・マヤコフスキー」と署名した。

この本を読んだレーニンは、何かの会議中に次のようなメモをルナチャルスキーにまわした。

マヤコフスキーの『一五〇〇〇〇〇〇〇』を五〇〇〇部出版することに賛成したりして、きみは恥《はずか》しくないのか。

ナンセンスだ、ばかげたことだ、手に負えぬ馬鹿さ加減だ、衒《てら》いだ。

私の考えでは、このたぐいの作品は十のうち一つも出版すればよいので、それも図書館と変人どものために最高一五〇〇部で沢山だ。

　未来派の肩をもつルナチャルスキーは憎い。


このメモの裏に、ルナチャルスキーはレーニンへの返事を書いた。

　この作品は私もそれほど好きではありませんが、①ブリューソフのような詩人が大いに感心して、二〇〇〇〇部刷れと言っています。②作者自身の朗読を聞きましたが、この作品は労働者にも非常に受けていました。

Ｌ・リシツキーの回想録に、マヤコフスキーがこの長詩を朗読する場面が出てくる。それは一九二〇年十二月十二日、モスクワの工科大学講堂で開かれた会であった。会場は超満員だったが、ひどく寒く、マヤコフスキーは膝までの半外套を着てウクライナ風の帽子をかぶったまま朗読した。テキストは完全に暗記していて、一つ一つのパートをそれぞれ異なった調子で、あるときは堂々と、シャリャーピンが出てくる箇所などはオペレッタ風に朗読したという。「今でも記憶しているが、抗議の声を上げようとした聴衆が何人かいた。そのなかの一人は、わざとそっぽを向いて坐り、あてつけがましく新聞を拡げているのだが、明らかにマヤコフスキーの言葉に耳を傾けているのだった……」

訳者

著者略歴

Владимир Владимирович Маяковский

ヴラジーミル・マヤコフスキー

ロシア未来派の詩人。1893年、グルジアのバグダジ村に生まれる。1906年、父親が急死し、母親・姉2人とモスクワへ引っ越す。非合法のロシア社会民主労働党（RSDRP）に入党し逮捕3回、のべ11か月間の獄中で詩作を始める。10年釈放、モスクワの美術学校に入学。12年、上級生ダヴィド・ブルリュックらと未来派アンソロジー『社会の趣味を殴る』のマニフェストに参加。13年、戯曲『悲劇ヴラジーミル・マヤコフスキー』を自身の演出・主演で上演。14年、第一次世界大戦が勃発し、義勇兵に志願するも、結局ペトログラード陸軍自動車学校に徴用。戦中に長詩『ズボンをはいた雲』『背骨のフルート』『戦争と世界』『人間』を完成させる。17年の十月革命を熱狂的に支持し、内戦の戦況を伝えるプラカードを多数制作する。24年、レーニン死去をうけ、長篇哀歌『ヴラジーミル・イリイチ・レーニン』を捧ぐ。25年、世界一周の旅に出るも、パリのホテルで旅費を失い、北米を旅し帰国。スターリン政権に失望を深め、『南京虫』『風呂』で全体主義体制を風刺する。30年4月14日、モスクワ市内の仕事部屋で謎の死を遂げる。翌日プラウダ紙が「これでいわゆる《一巻の終り》／愛のボートは粉々だ、くらしと正面衝突して」との「遺書」を掲載した。

訳者略歴

小笠原 豊樹〈おがさわら・とよき〉ロシア文学研究家、翻訳家。1932年、北海道虻田郡東倶知安村ワッカタサップ番外地（現・京極町）に生まれる。51年、東京外国語大学ロシア語学科在学中にマヤコフスキーの作品と出会い、翌52年『マヤコフスキー詩集』を上梓。56年に岩田宏の筆名で第一詩集『独裁』を発表。66年『岩田宏詩集』で歴程賞受賞。71年に『マヤコフスキーの愛』出版。75年、短篇集『最前線』を発表。露・英・仏の3か国語を操り、『ジャック・プレヴェール詩集』、ナボコフ『四重奏・目』、エレンブルグ『トラストDE』、チェーホフ『かわいい女・犬を連れた奥さん』、ザミャーチン『われら』、カウリー『八十路から眺めれば』、スコリャーチン『きみの出番だ、同志モーゼル』など翻訳多数。2013年出版の『マヤコフスキー事件』で読売文学賞受賞。14年12月、マヤコフスキーの長詩・戯曲の新訳を進めるなか永眠。享年82。

マヤコフスキー叢書
一五〇〇〇〇〇〇〇
いちおく ごせん まん

ヴラジーミル・マヤコフスキー 著

小笠原豊樹 訳

2016年1月17日　初版第1刷印刷
2016年2月17日　初版第1刷発行

発行者 豊田剛
発行所 合同会社土曜社
150-0033
東京都渋谷区猿楽町11-20-301
www.doyosha.com

用紙 竹尾
印刷 精興社
製本 加藤製本

150,000,000
by
Vladimir Mayakovsky

This edition published in Japan
by DOYOSHA in 2016

11-20-301 Sarugaku Shibuya
Tokyo 150-0033 JAPAN

ISBN978-4-907511-27-2　C0098
落丁・乱丁本は交換いたします